LEGGO una Stori
Maesi Gianni

LA CORSA
DELLE TARTARUGHE

illustrazioni di
Anna Curti

EMME EDIZIONI

LE TARTARUGHE VEDEVANO SEMPRE PASSARE IL GIRO D'ITALIA E ALLA FINE VENNE ANCHE A LORO LA VOGLIA DI CORRERE IN BICICLETTA. DIFATTI COMPERARONO DELLE BICICLETTE, CON MOLTI SFORZI IMPARARONO A SUONARE IL CAMPANELLO E A MONTARE IN SELLA E, QUANTO AL PEDALARE, CI MISERO UN PO' DI PIÚ, MA ALLA FINE CI RIUSCIRONO.

FIGURATEVI CHE FESTA, IL GIORNO DELLA PARTENZA!
UNA DOZZINA DI TARTARUGHE – SCELTE PER PARTECIPARE
ALLA CORSA – SI ERANO FATTE DIPINGERE LA CORAZZA

A STRISCE DI TUTTI I COLORI, COL NUMERO E LA MARCA
DELLA BICICLETTA: BIANCHETTI, LEGNETTI E PIÚ NE HAI
PIÚ NE METTI.

TUTTE LE ALTRE TARTARUGHE SI DISTESERO
LUNGO IL PERCORSO, PER FARE IL TIFO. UNA
TARTARUGA PIÚ GROSSA DELLE ALTRE FECE
LA PARTE DELL'AUTOMOBILE DELLA GIURIA, E
SULLA SUA SCHIENA PRESERO POSTO I GIUDICI
E I GIORNALISTI CON GLI OCCHIALI NERI.

FU DATO IL SEGNALE DELLA PARTENZA E I CORRIDORI
COMINCIARONO A CORRERE, IL PIÚ PIANO POSSIBILE PER
NON STANCARSI.

L'AUTOMOBILE DELLA GIURIA PERÒ NON POTÉ PARTIRE, PERCHÉ LA TARTARUGA AUTISTA SI ERA BELL'E ADDORMENTATA.

I GIURATI, TROPPO PIGRI PER SEGUIRE LA CORSA CON LE LORO GAMBE, LA IMITARONO METTENDOSI BEN PRESTO A RUSSARE.

I CORRIDORI, FATTI POCHI PASSI, SI DISPERSERO NEL BOSCO A CERCARE QUALCHE MUCCHIETTO DI FOGLIE SECCHE PER RIPOSARE.

IL PUBBLICO, NON VEDENDO ARRIVARE LA CORSA,
SI STANCÒ DI ASPETTARE E SI ADDORMENTÒ.

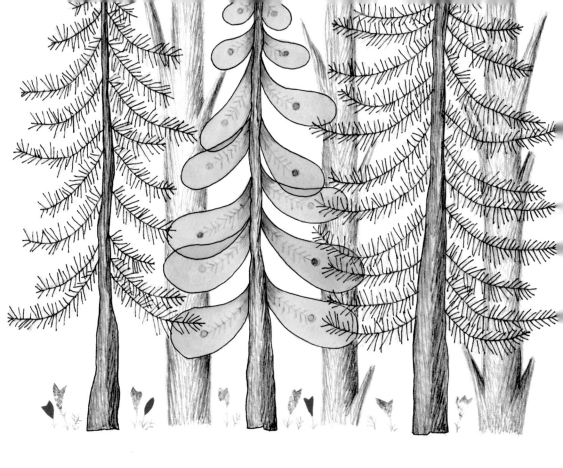

PER FARLA BREVE, DIECI MINUTI DOPO IL SEGNALE
DI PARTENZA DORMIVANO TUTTI QUANTI. E NON SI
SEPPE MAI CHI AVESSE VINTO LA CORSA, PERCHÉ
AL TRAGUARDO NON ARRIVÒ NESSUNO.

POVERE TARTARUGHE! MA NON SOMIGLIANO A QUEI
BAMBINI CHE DICONO: «FARÒ QUESTO, FARÒ QUELLO»,
E POI SE NE DIMENTICANO PER LA STRADA?

Finito di stampare nel mese di settembre 2019
per conto delle Edizioni EL
presso Elcograf S.p.A., Verona